빗방울이 마음을 두드리는 저녁

KB193103

조동례 시집

빗방울이 마음을 두드리는 저녁

달아실시선
85

달아실

보조 용언과 합성 명사의 띄어쓰기 등 본문의 맞춤법은 시인의 의도에 따른 것임.

배롱나무 꽃상여가
너울너울 여름을 건너고 있다.
풀꽃들의 문상이 이어지고
사랑을 해도 불안한 이 시대에

산 하나 넘으면서
어처구니 사랑을 만나
두 번째 산에서
달을 가리키던 손가락이 칼에 베인 뒤
절필을 생각하며
길을 잃고 일박했다.

허기를 양심으로 때우며
빗방울이 마음을 두드리는 저녁까지 왔으니
이제 시를 쓰지 않아도
살아지거나 사라질 것이다.

2024년 10월
길 떠날 채비를 하며 조동례

차례

빗방울이 마음을 두드리는 저녁

4부

1부

에스키모 봄 낚시

춥고 어둡고 겨울이 긴 북극에는요 봄을 낚는 어부가 있지요 해가 지지 않는 백야가 저물면 강이 얼기 시작하는데요 에스키모들은 네나나강 한가운데 깃발을 꽂아두고 쓰러지는 날 맞추기 내기를 하지요

깃발이 쓰러지면 얼었던 강이 녹았다는 신호

툰드라 늪 가장자리에 당신이 있고 당신 옆에 또 다른 당신이 있어도 적막하기는 마찬가지예요 평생을 늪에 살아도 허우적거리지 않거든요 어둠에 깃들어 해빙기를 기다리는 사람들에겐 시계가 없고요 속도가 없고 방향이 없고 필요 이상의 대가를 바라지 않는 무심의 세계지요 강은 제 몸을 단단히 얼려 깃발을 붙들고요 깃발은 강에 몸을 맡기면 그뿐 연어들이 고향으로 돌아갈 꿈에 부풀어 자작나무 숲을 빠져나가는 동안 당신이 드리운 깃발은 봄을 낚는 찌가 되지요 참가자들은 찌가 쓰러질 때를 저마다 예측하여 날짜와 시간을 던져놓고 사냥을 나가고요 곰 발자국을 피하는 삶은 달이 차고 이우는 사연에 예민해요 더구나 봄은 상처 내지 않고 낚아야 하므로 강에 돌

을 던지는 건 절대 금물이지요 통나무집 불빛이 툰드라
이끼에 스미는 날에는 붉은여우 곰 늑대 무스가 창가를
기웃거려서 권태나 우울은 먼 나라 이야기예요 디날리산
발치에서 이끼를 뜯던 무스는 어디쯤 내려오고 있는지 짐
작으로 알고 있으니까요

춥고 어둡고 긴 겨울
봄을 낚는 미끼는 기다림이라서
깃발이 쓰러지면 봄이 왔다는 신호

강이 몸을 풀 때는 뒤척뒤척 깃발에 입질하는 소리 들
려요
이때다 월척이다!
북극이 지척인 네나나강에는
낚은 봄을 들쳐메고 축제에 들뜬 에스키모들이 살지요

빙하는 속부터 녹고 있다

1

혹독하게 추워야 속이 뜨거운
마타누스카 빙하에 갔지요

2

해 뜬 곳을 돌아보지 않겠다고
강을 거슬러 가요
살아온 반대 방향으로 갈 땐
앞일 같은 건 강물에 버리지요
욕심을 버리면
달 뜬 곳에 도착할 수 있을 거예요

3

두려움을 모르는
아이 눈빛이 아니라면
누가 달려와 설산에 젖을 물릴 것인가

빙하 녹은 물이 초유를 닮았어요
흰색 이전의 색이잖아요

극한에 견딘 풀꽃들이
얼었다 풀린 숨결 먹고 단단해지면
가야 할 곳이 정해진 사람처럼
툰드라 검문소를 당당하게 가요

4
마타누스카 강에는
썩어야 할 것들이 넘치고 있어요
피오르에 밀려온 돌덩이들이
수목한계선으로 몰려가는 날에도
살 날 얼마 남지 않은 사람처럼
전속력으로 뜨거워지지요
언 땅에서는
아무것도 썩지 않으니까요

빵을 구걸하듯이
사랑을 구걸하면 안 되나요?
지구 반 바퀴 돌아 늪에 갇힌 내가
막판에 남은 햇빛을 구걸하고 있어요

짧은 여름을 틈타
불꽃처럼 피었다가 지는
화이어위드꽃이 절정일 때
사랑의 실패로 어둠을 사르고 싶어요

화이어위드*

북극에서 땅끝까지
불을 놓아야겠다

짧은 여름
제 안에 불을 놓아

절실하게 다가가면
천만년 언 땅에 꽃은 피어서

뜨겁게 다가가면
서러운 목숨 꽃이 되어서

돌아갈 곳 지우리라
해가 지지 않는 세상을 위하여

* 화이어위드(Fireweed). 북극의 짧은 여름에 온 산야에 불꽃처럼 피었
  다가 지는 야생화.

침묵은 진실을 변호하고 있다

방치된 러시아 땅 헐값에 팔려
빙하가 젖줄로 바뀐 미국 알래스카
언 땅을 샀을 뿐인데
곰 무쓰 카리브 늑대 산양
고래 물개 연어 참치 벨루가
덤으로 딸려 온 작고 낮은 풀꽃들
흰머리독수리가 내려다보는 하늘 아래
동맥처럼 연결된 긴 송유관
에스키모 이누이트 원주민들도
말없이 딸려 왔다

불빛 환한 맥도널커피숍
집 없는 에스키모 청년이
구석에 앉아 추위를 녹이는데
몸이 풀리면서 눈꺼풀도 풀리는지
머리 먼저 탁자에 눕는데
탕탕탕 탁자 깨지는 소리가 나고
get out! 밖으로 나가!
꿈꿀 틈도 없이

천 근 눈꺼풀 들어 올린
순한 눈망울에 침묵 가득하다
어쩌면 서러운 사랑 하나 기다렸을지도 모를
저 청년의 침묵을
듣지도 읽지도 못하는 백인 보안요원
침묵은 진실을 변호하지 못했다

말 이전의 말
생각 이전의 말이 있다

이름도 국적도 묻는 이 없는
낯선 타국에서
이름도 나이도 모르는 현우 엄마 생각
인사 건네도 말대꾸도 없다고
마을 사람들 흉보고 욕해도
시종 묵묵부답이던
한국으로 시집온 필리핀 며느리
함께 울고 웃기도 하다
카레 한 그릇 건넨 이웃에

고맙다는 말 대신 덥석 끌어안을 때
침묵은 진실을 변호하고 있었다

에스키모 여자

툰드라 원주민 마을
낚시도 한철 사냥도 한철
밤낮 환한 백야에
사내 오면 붙어 자고
아이 배면 아이 낳고
날 선 우루로
연어 손질하는 여자
머리 꼬리 자르고
배 갈라 알 꺼내고
영원한 건 없다는 듯
버릴 것은 버리고
취할 것은 취할 줄 아는
에스키모 여자

안전한 절벽

추가치산맥 설산에는
세상 물정 모르는 새끼를
절벽으로 몰아가는 어미가 있다
툰드라 풀냄새 등지고
빙하 바람 채찍 삼아
가파른 길 오르는 산양 일가족

도중에 망한 집이 어디 너뿐이더냐
가난이라는 천적을 피해
여기까지 오는 데 나는 평생 걸렸다

세상일에 묶여본 적 없는 새끼를
절벽에 방목하는 어미를 두고
매정하다 비난도 쏟아지겠지
돌아갈 길은 없고
생사는 한 생각에 달려 있으니

잊지 마라
최후의 천적은 북극곰이 아니라

네 안의 두렵고 불안한 마음이니

마음만 비운다면

위태로워서 안전한 절벽이다

수목한계선

빙하가 지척인 설산에는
뜨거운 것들만 살아남았습니다

뜨거워서 녹지 못한
자작나무 가문비나무 구상나무

칼바람 앞에서
낮게 사는 법을 터득하고 있습니다

언 길 위에서

달리던 차들이 알아서 긴다
끼어드는 차가 없다
추월하는 차도 없다
한번 들어서면 빼도 박도 못 하는 생
조심조심 앞으로만 간다
일 년 중 절반이
겨울인 나라에서는
둥근 바퀴도 수행 중이다

놓친 물고기를 생각하는 밤

물고기 잡는 일은 힘들다
잡은 물고기를 놓아주는 일은 더 어렵다
잡았다 놓친 물고기를 잊는 일은 두고두고 괴롭다

바다를 떠나
강을 거슬러 온 연어를 향해
한 사내가 미끼를 던졌다
하마터면
길을 묻던 내 코가 꿸 뻔했다

할인하다

속은 멀쩡한데 겉이 시들어
반값에 판다는 꽃다발 앞에
발길 오래 머문다

국경 넘어온 한물간 꽃들이
뿌리가 잘린 채
한통속 물을 빨아먹고 있다

주목받기 위하여
이름표 대신 달러를 목에 건 이민자여
색다른 고비 수없이 넘었으니
꽃값 떨어질라 숨쉬어라 꽃아
꽃값 떨어질라 숨쉬어라 꽃아

가장 무거운 힘

푹신한 휠체어에 앉아
빵 달라고 몸부림치는 여자
살이 밖으로 흘러넘쳐서
제 몸 제가 들어 올리는 게 꿈인 여자
슬픔이 밸 틈 없는 식욕이
제 목숨 죄는 여자
살을 빼야 일어설 수 있다는데
줄 수도 안 줄 수도 없어서
망설이는 남자

선악은 어디에 있는가?

식구 먹여 살리겠다고 식구를 떠난
필리핀 소말리아 도미니카 라오스……
바짝 마른 나라에서는
먹어야 산다는 어머니 말씀이
가장 가까운 말이지만

대형 마트 앞

살기 위해 굶어야 하는 자에게
빵은 가장 무거운 파운드입니다

난류

게르를 짊어지고 떠도는 유목민

보트에 몸 맡기고 표류하는 난민

남향을 고집하는 아랫집 노인

외롭다는 말을 털어놓고 싶은 나

다 따뜻한 것이 그리운 것들이다

나도 씨발

입이 있어도 말 못 하는 타국에서
차나 한잔 하자고 만났던 것인데
씨발 씨발 씨발 씨발
화장실에서 욕하는 소리
고국 사람 만난 반가움도 잠깐
귀를 의심하며 한참 들어도
씨발 그칠 줄 모르고
마치 나 들으라는 것만 같아
나도 씨발 화가 치미는데
물 내리는 소리와 동시에 뚝 그쳤다
따져 묻기도 전에
타국 생활 삼십 년째라는 그가
깨알 같은 영어를 씨발씨발 외운다
같은 소리인데
나는 욕하고 그는 공부한 것
서로에 대해 잘 아는 듯했으나
모르는 게 많은 결과였다

2부

붓꽃

대체 사는 게 뭐냐고
한마디 써달라 했더니
무한 허공에
향기를 쫘악 엎질러버렸습니다

빗방울이 마음을 두드리는 저녁

빈 항아리
엎어놓으니

하늘도 닫고
땅도 닫고

제 안이
무無입니다

한몸이라고 착각했던 우리

나에게 꽂혀 한몸이었던
흔들리던 이를 뽑고 나니
너는 너 나는 나

네가 흔들릴 때 나는 아파서
너 떠난 빈자리
남은 고통이 팔만 사천 평

내 것도 아니면서 한몸이었던
한몸이라고 착각했던 우리여
흔들리던 이를 뽑고 나니
너는 너 나는 나

단맛

햇살 바른 정남향
처마 아래 곶감 몇 줄

새들 넘보던 자리
똥파리들 날아든다

떫은맛 빠져 쪼그라든 나는
똥파리들 쫓느라
속수무책 늙어가고

겨울 해는 짧은데
새와 똥파리와 내가
단맛에 이끌려
또 하루를 죽치고 있다

그늘의 이면

춥다
밝은 곳으로 갔다

몸이 풀릴 때까지
등과 가슴을 번갈아 쬐었다
따뜻함도 지속되면 권태롭기 마련

주변을 돌아보았다
지금 피어야 할 꽃봉오리가
단거리 출발선에 박혀 있다

내 뒤에서 춥다고 웅크린 것들이
자리 비켜주기를 기다리는 것들이
그림자인 줄 알았는데 그늘이다

죽을 것 같은 순간에

배추벌레 밥그릇은 배춧잎
사그락사그락 비워가는 벌레를
젓가락으로 잡으려들자
툭 먹던 밥그릇을 놓아버린다
죽을 것 같은 순간에
삶에 대한 집착을 놓아
바닥에 떨어진 벌레는
바닥에서 다시 시작할 것이다

산다는 것은

산비탈 오르다
삽질하는 노인을 만났다

어르신 뭐 하세요?
내 무덤 파고 있소

초라한 움막 옆에
겉옷과 신발과 물주전자
점점 깊어가는 구덩이 하나

저 구덩이는
과거와 현재와 미래를
통째로 묻을 곳이라서
산다는 것은
저마다 제 무덤 파는 일

호기심은 공포로 바뀌고
나는 번개처럼 마을로 내려왔다
그때부터

사소한 것들이 새롭게 보였다

짐

개미 한 마리
제 몸보다 큰 먹이를 끌고 간다
아마도 저 힘은
집에 두고 온 짐이 이끄는 것

문을 열어두고
집 나간 것을 기다리는 마음도 짐

울지 마
당신이 울면 나는 목 놓아 울고 싶어
나 대신 울었던 곡비도 짐

가장 큰 짐은
죽을 때까지 끌고 가야 할
몸뚱어리 하나

완성

머물러왔다 떠날 때가 가까워지면
사소한 다툼도 후회스러워
비 갠 강둑을 걷는데
미세한 진동을 느꼈는지
지렁이가 달아났다
아무리 달아나도 제 몸이 가장 먼 길
뒤쫓아가던 거머리
지렁이 끝에 빨판을 붙이고
온몸을 접었다 폈다 반복하자
지렁이가 거머리 몸속으로 빨려 들어갔다
길고 짧은 건 아무 의미 없다는 듯
거머리와 지렁이가 하나가 되었다
하나는 죽고 하나는 살아서

더덕

우거진 풀숲
꽃 피워놓고

몸에 밴 향기로
사람 발길 이끌어
감동을 주고 있다

가르친다는 것은 저런 것이다

가난하다는 것은

풀잎에 물방울 하나
매달려 있는 일이다

민달팽이가
해찰하며 가는 일이다

가난하다는 것은
쭉정이만 남았다는 게 아니라
잊을 사람 잊고
심심하게 산다는 것이다

유자

꽃보다 열매가 향기로운 것은
바람에 시달리느라
제 가시에 찔린 상처 때문이라는데
사람으로 치면
상처 많은 사람이 너그럽다는 것

순결이라는 덫

순결이라는 덫에
흰색이 걸려들었다
흰색은 무無가 아니라
모든 색을 받아들이는 광기

몸에 뿌리내린
슬픔이여 지루한 늙음이여
빈 들판을 배경으로
허수아비를 세웠는데
마음은 왜 사라지지 않는 것인가

공개할 수 없는 사랑으로
속울음을 견딘 당신
어둠이 어둠에 뿌리내리지 못하면
우리는 어디에 고통을 내려놓고
뜻깊은 저승말을 알아들을 것인가
순결이라는 덫에 걸려 오늘은
내가 너를 붙들고 있다
연명을 위한 절망으로

무소유를 소유하다

병꽃을 꺾어 꽃병에 꽂았더니
남방제비나비가 한나절 놀다 갔다

뿌리 없는 꽃에
벌나비 날아들었으니

땅 한 평 없어도
가질 것 다 가진 것

흐르는 물처럼

다시 돌아갈 수 있다면
물처럼 살고 싶다
도도하게 흐르는 강물도 좋고
진득하게 기다리는 호수도 좋다
고독한 산을 어르며
분노를 가라앉힌 흙탕물이면 어떤가
물결이 이는 것은
세상에 저항하는 마음을
제자리로 돌려보내는 일이니
삶을 뜨겁게 사랑할 수 있다면
기울어진 형편에 속도를 맡기고
모든 물을 받아들이는
흐르는 물처럼 살고 싶다

단풍

사유가 깊어진 나무의 유서다
유서가 쌓일수록
죽음에 대한 생각이 가벼워져서
피가 가장 뜨거울 때
의연한 결기로 뛰어내릴 것이니
꽃 피는 화려함이 잠깐이라면
지는 고통 또한 잠깐이면 좋겠네
단풍이 아름답다면
나도 그래야 하리

3부

세워주겠다는 말

꽃 지면 끝인 줄 알았는데
목련나무 새잎이 시퍼런 봄날
이웃 할매 어디 가나 했더니
거동 불편한 아버지 손잡고
세워주겠다고 꼬드기고 있다

세워주겠다는 말

여든여섯 나이도 잊고
귀를 번쩍 띄게 하는 말

일편단심 요양병원 아내도
막무가내 잊게 하는 말

홀딱 홀리기 좋아서
둘이 갈 데까지 가도 좋을 말

처자식 이웃이 등 돌려도
남자를 백치로 만드는 말

죽도록 사무치는 외로움 때문에
쌓아온 공덕을 박살내버린 말

세워주겠다는 말
남자를 죽였다 살렸다 하는 말

숲에서 길을 찾다

그해 늦가을
마음으로 의지했던
그대를 따라 숲에 갔습니다
길 비좁아 앞 아니면 뒤에서 걷는데
소청 중청 대청 험한 준령 넘어
지친 몸 날은 저물고
문득 앞서간 그대가 보이지 않았습니다

홀로 숲에 남겨지자
앞서간 그에 대한 서운함과 배신감도 잠깐
한기와 적막에 두려움이 엄습하여
외롭고 슬프다는 생각은 온데간데 없고
피 끓는 절정의 단풍도
어둠에 묻히니 한낱 어둠일 뿐
돌아갈 수도 구원 요청도 할 수 없는
여기는 통화권 이탈 지역입니다

온전한 홀로에 들어 생각합니다
눈물은 후회의 단말마 같아서

모든 극한 상황에는
절대 혼자라는 것

돌덩이와 풀포기를 징검다리 삼아
칠흑 같은 어둠을 더듬어 가는데
불안과 공포의 절체절명 앞에서
혼자가 아니라는 사실을 알았습니다
내가 잊고 살아온 동안에도
나를 떠난 적 없는 것은 나
마음으로 믿고 의지해야 할 대상은
그대가 아니라 절대 자신이라는 것
이것이 참 나를 찾는 일이구나

낮에는 보이는 것에 의지하여
까맣게 잊고 지낸 존재를
절망 끝에서야 알아차린 것
나를 붙들고 있는 것이
가장 가까이 있으니
오직 살고 싶은 일념으로

앞으로 향했던 눈을
발아래 집중하여 걸었습니다
낮은 곳으로 갈수록 물소리가 큰 것은
올라간 만큼 내려가야 한다는 소리겠지요

두려움도 지쳐갈 무렵
불빛이 가물가물 보였습니다
아, 살았구나 그때 알았습니다
숲에서 길을 잃었을 땐
물소리를 따라가야 한다는 것을
물은 어김없이 낮은 곳으로 흐르고
낮은 곳에는 따뜻한 불빛이 있다는 것을

적당한 거리를 위하여

너무 조이면 숨막히고
너무 느슨하면 풀어지는
목에 맨 넥타이를 생각한다

잘릴까 두려워 긴장했을 목
자유와 구속을 번갈아 생각하며
앞이 캄캄한 지금은
끊어지지 않는 불안을
편안하게 조절해야 할 때

인 간 관 계
한쪽으로 기울지 않게
나도 누군가에게 넥타이를 매주고 싶다

홍단풍나무

강 건너 암병동 내부에서
풍기문란으로 낙인찍힌 남녀
말기 암끼리 붙어 다니는 그들을 두고
청단풍 가지 꺾어 불을 꺼야 산다고
사람들은 아는 척 야단법석이지만
가만히 두어라 때가 되면 저절로 떨어질 것들
목숨 걸고 사랑할 때
붙어 있는 사이를 떼어놓으면
절망할 시간조차 없는 것이니

버려진 것들끼리

밑구멍이 빠져 버려진 고무통을
텃밭 가에 두었습니다

먹다 남은 것들과 껍데기들이 모여
속이 문드러지게 썩어갑니다

가까운 곳에 뿌리내린 것들이
다투어 손을 내미는 통에

썩은 물이 밑구멍으로 새나간 것을
아무도 보지 못했습니다

끝끝내 모를 일

감나무 그늘이 마당 같다는 말에
따질 것도 없이 세 들었다
그늘을 우산 쓰고 앉아 있으면
새들이 머리에 똥 싸고 달아나도
풋감이 아무 데나 떨어져도
큰 소리 한번 낸 적 없는데
며칠 집 비운 사이
팔다리 잘려 몸통만 남은 감나무여
그늘이 선을 넘었다는 이유로
속수무책 당해야 하는
너 주인은 집주인인가 세입자인가
감나무인가

서로

저 지주대 남 보기엔
작고 여린 것이 흔들릴까봐
단단히 세우고 있는 것 같지만
실은 자신이 쓰러질까봐
실낱같은 희망을
붙들고 있는 것이다

하루살이 사랑

하산 길
하루살이 한 마리
눈앞에 얼쩡거린다
해는 막장인데
자꾸 늦어지는 걸음
손바닥을 펴 쫓았더니
눈 깜짝할 사이에
눈동자 속에 갇혀버렸다
하루가 영원 같은
눈먼 사랑 때문에
앞이 캄캄하다
너를 꺼내면
내 눈은 또 얼마나 아플 것인가

음유 시인

가슴에 불덩이를 안고
그리움에 한눈파느라
자주 길을 잃는 사람

춥고 어둔 길에서
새벽을 기다리며
가난도 거뜬한 사람

술잔에 눈물을 비우며
영혼에 취하여
슬픔에 중독된 사람

서정의 뜰에서
바람에게 길을 물으며
이슬을 노래하는 사람

달빛에 취해 늦은 귀가
내일을 반납하고도
사랑이 간절한 시인

봄비 내리고

나도 바람꽃 너도 바람꽃
봄꽃 다투어 피어나니
잊고 지낸 것들이 몸에 스민다
추억은 상처를 감싸는 붕대 같아서
언 마음을 녹이기도 하지만
아프지 마 아프니까 외롭더라
뿌리 아득한 마른 검불 아래
아파도 울지 못하는 누군가가
꽃대궁 어디쯤 속삭이면
상처는 아픈 추억을 불러
나도 바람꽃 너도 바람꽃

돌아가는 강

어디로 가는지
언제 끊어질지 모르면서
강물은 하나로 흐른다

비밀을 털어놓고
털어놓은 비밀을 공유하면서
하나로 합치는 과정에
불안 두려움 실망이 섞였으나

하늘에 대고 영상통화를 하며
도도하게 흐르는 것은
바닥이 바닥을 견디어주어서
먼 길에도 강물은
맨발로 탁발을 나섰던 것인데

사랑을 잃고
오래 헤매본 사람은 안다
분노가 가라앉은 흙탕물에도
착지할 바닥이 있다는 것을

다시 사랑을 믿기로 하다

사랑을 안 하니까 세상 편하더라
비구니 같은 노 시인의 저 거짓말
상사화 꽃 진 자리 새잎 올리듯
거짓말 뒤에는 참말 있지
사랑을 안 하니까 편하다는 말
뒤집어 생각하면
뒤틀린 마음에 속엣말 같아서
달뜬 힘으로
참말 같은 속엣말을 믿기로 한다
마른 풀잎이 봄눈 녹이듯
다시 사랑을 믿기로 한다

산 안에 들어

고개 들어 올려보면
하얀 노각나무꽃 피었습니다
고개 숙여 내려보면
풀꽃들 북적북적 피었습니다
저마다 제자리에서 꽃 피우는
산 안에서 생각합니다
죽은 자를 다 품어주어도
산 자에게 안겨보지 못한
식솔 많은 산도 외롭다는 것을
그러니 근엄한 척하지 마라 산아
울고 싶을 때 울고
외로울 때 외롭다고
그냥 털어놓아라

사랑을 해도 미래가 불안해

수컷이 발기하면 짝짓기를 위해
암컷이 품고 있는
제 새끼도 잡아먹는 북극곰처럼
사랑을 해도 미래가 불안해
마음을 거세하는 세상인가

네가 처음이야
돌다리 두드릴 틈도 없이
가슴 먼저 내일을 마중 나가버려서
정오가 지나면
절망할 게 없다는 것도 절망

몸 따로 마음 따로
사는 게 더러워지는 일이란 걸
사랑해보면 알게 되지
앞뒤 말이 안 맞는다는 걸
살아보면 알게 되지

지나가다

꽃이 꺾여도
나비가 날아가지 않는 것은
지독한 첫사랑의 힘이다

설렘도 없이 꽃과 나비와 벌이
같은 길을 가고 있는 것은
지독한 질투의 힘이다

사랑의 힘으로 반 살고
질투의 힘으로 반 살고

사랑의 힘

시작과 끝의 실마리를 풀어놓고
거미 한 마리 느긋하게 기다리는 아침
길을 잘못 든 꿀벌 한 마리
거미줄에 걸려 바둥거린다

사랑이란
먹고 먹히는 관계가 아니라
함께 길을 가는 것이라고
밖에서 지켜보던 꿀벌 한 마리
보란 듯이 앞장서 날아갔다

있는 힘 다해
거미줄을 벗어난 꿀벌이
쏜살같이 뒤따라 날아갔다
사랑의 힘으로

4부

촌구석 카페에서

아따 내가 낸당께
아녀 자네가 맨날 내먼 쓰간디
왜들 그려 나도 사야제

싸우는 척 못 이기는 척
계산대 앞 큰소리만 오가더니
승자도 패자도 없이
카페 한가운데 당당하게 앉은 노인 서넛

촌구석에 이게 어디여
아따 에어컨이 시원허구만
그나저나 연금이 몇 백이먼 뭣 헌당가
암것도 하는 일 없이 침대에 누워
주는 밥 받아먹는 것이 젤 고역이다드만
죽으면 집사람한테 몇 프로 간다고
나 그만 살라네 했다네
의사 뜻대로 못 허는 일이라
본인이 원해서 보냈다지만
아따 그 집사람 독허긴 독허데

우연히 들었을 뿐인데
나도 누군가의 집사람인 것만 같아
슬그머니 자리를 뜨고 말았지만

뜬다는 것은

고향을 뜨고부터
세상일에 눈뜨기 시작한 나는
밥 한술 뜨는 일보다
이름 뜨는 일에 눈이 멀어
시가 뜨기를 기다렸으나
주변은 뜨고 싶은 것들 많아서
해가 뜨고 달이 뜨듯이
무심히 뜨기를 기다리다
그것도 시시하여 마음이 뜨면
자리를 뜨는 게 상책일 터
내가 세상을 뜨면
불온한 말들이 뜨겠지만
뜬다는 것은
너보다 잘나고 싶은 것이 아니라
나답게 살겠다는 것이다

통화권 이탈 지역에서

길 많아 길이 길을 막는 세상

매섭게 부는 바람에도
풀이 죽지 않고 사는 것은
흔들리지 않는 뿌리 때문

사람 많이 다녀
풀 한 포기 나지 않는 길은 가지 않겠다

풀 한 포기 없다는 건
물 한 방울 나지 않는다는 것

물 한 방울 없어
꽃 한 송이 피지 않는 길은 가지 않겠다

흔들리지 않는 뿌리의 힘으로
보이지 않는 세상 갈아엎고 있다

처음처럼

생각의 틀에서 벗어나겠다고
과거 미래를 버렸을 뿐인데
왜 만나고 싶은 사람보다
피하고 싶은 사람이 느는가

길 밖으로 벗어나지 않겠다고
움켜쥐었던 가시덤불이여
전화번호여 이름이여

앞뒤 생각을 버려야
새는 날 수 있다

하늘을 움직이는 힘

해가 죽어 달이 살고
달이 죽어 해가 살아
죽어야 사는 이 세계에

해 뜨면
몸이 일어나고

달 뜨면
마음이 일어나

몸과 마음이 지금
세상을 움직이고 있다

고통을 망각하는 법

대충 살다 가겠다고
큰소리치던 사람도
응급실에 오면
일단 살고 보자는 쪽인가

마악 도착한 그가
살려달라고 고래고래 소리지르자
악다구니에 놀란 환자들
거짓말처럼 신음 소리 그쳤다

진통제가 들어갔는지
고래고래는 순하게 잠들고
그때서야 생각난 듯
여기저기 터지는 신음 소리들

악다구니가 악을 쓰는 동안
어디에 있었을까 주변의 고통은

살겠다고 악에 받칠 때

독을 잘 쓰면 약이 되듯

큰 고통이 자잘한 고통의 진통제라니

괴로움의 근원을 묻는 이에게

길 없는 곳이 맹지라지요
길을 낼 수 없는 곳이 맹지라지요

맹지에 묻혀 사는
운곡의 행방을 묻는 왕에게
이쪽인 줄 알면서 저쪽을 가리켜
자신을 속인 괴로움에 떨다
소에 몸을 던진 노구 할매여

벙어리의 가장 큰 고통은
자기가 꾼 꿈을 말할 수 없다는 것이라는데

바람 부는 날
노구사당* 앞에 앉아 있으면
소에 몸을 던진 말 들립니다
천만 갈래 괴로움의 근원은
자신을 속이는 것에 있다는 것을

* 노구사당: 운곡의 행방을 묻는 태종에게 반대 방향을 가리킨 죄책감으로 하천에 몸을 던져 죽은 노파의 충절을 기리기 위한 곳.

가짜 미끼

자기 영역에 침범하면
가짜 미끼도 덥석 무는 꺽지나
낯선 미끼라면 환장하게 좋아하는 메기나
은어를 던지면 은어가 덥석 무는 강에는
모래 자갈 비집고 바닥을 기는 물고기도 있다는데

진짜 같은 가짜 미끼
말랑말랑한 루어를 물고
놓지 않으려 놓치지 않으려
너에게 버티던 세월이여
심연에 닿은 미끼를 물고
사랑도 세상도 끌려가면 끝장인데
그때 파도가 없었더라면
무슨 힘으로 놓았겠는가

조계산 얼레지 앞에서

기억도 못 할 꿈만 느는 봄날
꽃부터 피고 보는
봄꽃을 닮고 싶었으나
단풍이 꽃보다 예쁘게 보이면서부터
사사로운 욕심만 늘어간다

오지랖은 쓸데없이 늘고요
삭제한 전화번호를 아쉬워하고요
현재를 잊은 채 자꾸 미래를 붙들어요
누군가를 대신 나서기 좋아하고요
무일푼으로 떠도는 구름을
객기로 치부하며 외면한 것도 사실
몸에 좋다 하면 귀부터 솔깃해요

속 뒤집히며 핀 얼레지야
한 생각 접으면
이 모든 것들로부터
자유로울 수 있을까

일대사 관문

고래는 바다에서 사자는 초원에서
천적을 허락하지 않는다지만
목숨만 보면 그냥 한 물건
천적을 물리치겠다고
면벽 수행하던 어떤 스님은
죽기 전에 여자의 그것 한번 보는 게 소원이었다는데
소원을 시주받은 순간 억, 하고 숨이 끊어졌다 하고
어떤 시인은 쓰다 만 마지막 구절에
어영부영하다가 내 이럴 줄 알았다, 면서 가고
또 어떤 이는 괜히 왔다, 면서 돌아가시고
권력의 맛에 신물난 어떤 이는
낙향하여 심심할 대로 심심하다, 가고
세상에는 별별 사람 다 있어서
똥 쌀 때 힘주지 마라, 고
웃으며 간 사람도 있다는데
어디서 와서 어디로 가는지
나는 도무지 알 수 없어
그냥 살기로 했다

시인하다

세상 물정 모르고 시를 썼다
무지개는 잡히지 않고
벼랑 끝에 시만 남았다

시를 읽다 잠들었다
깨어보니 아랫도리가
시집에 덮여 있다

세상의 원죄라 여겼던 곳을
시가 덮어주었다

나도 가끔 종교를 갖고 싶다

무언가에 미치지 않으면
미칠 것 같은 날이 있다
몸이 아픈데
예수는 도무지 보이지 않고
마음이 아플 때
부처는 어디에 있는가
알 수 없는 두려움에 떠는
내 곁을 지키는 건 약봉지
죽어보지 않고도 죽음을 말하는 자여
사랑도 흔들리게 하는 아프다는 말
나에게 오는 고통을
대신 아파줄 무언가가 있다면
나는 그것을 종교로 삼겠다
부처 예수 천국 지옥
없는 것 모시는 종교 말고
나는 나를 붙들고 매달릴 것이다

입동 날에

추수 끝난 들판은
세상일 접고 동안거 들었다
나도 문틈에 바람막이 치고
조용히 안으로 들자 하는데
짧은 해도 쉬어가는 구이장네
쭉정이가 많은지 알맹이가 많은지
탈탈 털어 저울에 올려보는 한낮
빨간 고무장갑 예닐곱
군불로 물 한 솥 데워놓고
둥근 밥상처럼 둘러앉아
맵고 짠 속사정 버무리고 있다
마음 둘 곳 없어 기웃거리던
나도 슬쩍 끼어들다보면
외로움도 시나브로 절여지곤 하였다

참 이슬

분노가 폭발하려면
저쯤은 곰삭아야지
배경도 없이 뜨는 낮달처럼
어둠 깊다 섣불리 솟구치지 않고
처음도 끝도 없는 마음으로
한세월 진득허니 가라앉혀야
분노도 설움도 맑아지는 것
사는 게 티 없이 맑아야
살아지거나 사라질 것이므로
독 오른 것들은
오오래 기다려야 가라앉는다

장마

올 거면 오고 말라면 말제 니미 오는 것도 안 오는 것도
아니고 일도 못 허게 이것이 뭐여 시발 오늘도 공치게 생
겼네 퍼부울 땐 퍼부어야 발 뻗고 쉬기라도 하제 온다던
그 사람은 못 온다 그러고 참 좆같은 날이네

그래, 찔끔거리는 것 불만인 게 어디 저 사내뿐이겠는가

세월교 건너

감나무 새잎 보고
선암동천 다녀왔다

가는 길로 오는
간결한 길

떨어진 잎을 쓸어
거름을 만들었다

그 사이가

잠깐이더라
썩는 건 잠깐이더라

구월 초사흘 버린 몸으로

살기 위하여
시를 버리고 살림을 꾸렸으나
피 마르는 혼돈으로
죽을 것 같았다

다시 살기 위하여
가정을 버리고 시를 썼으나
먹고살 일 막막했다

내가 태어난 곳이 바닥이라서
불안하고 아프고 슬펐던가

어차피 버린 몸이거든
세상과의 단절로 깊어지거나
가장 먼 만행을 꿈꾸는 거지
마음에 살얼음을 까는 것은
사람 잡는 일이라서
너나 나나
말 못 할 사정으로 사는 거지

강가에서

사랑하는 이를 바라볼 땐
이승의 마지막인 듯 보자
지금 눈빛은
일생 한 번뿐인 눈빛
잡히지 않는 마음이
지금 여기에 있으니
영원히 함께할 수 없는
마음이 사무칠 때
강가에 앉아
벙어리가 되어라
장님 귀머거리 되어
바다로 가는 길 지워버려라
사랑이 지치면 미움이니
사랑과 미움 그 사이에
사랑하는 눈빛을 두어라

사건 혹은 진리 절차로서의 사랑

오민석
문학평론가 · 단국대 명예교수

1

반복과 권태의 일상은 그 안에 무언가를 숨기고 있다. 그것은 아직 실현되지 않은 것, 잠재적인 것들로 가득 차 있다. 알랭 바디우A. Badiou에게 있어서 '사건event'이란 바로 그 잠재적이며 실현되지 않은 것을 '드러내는' 것을 의미한다. 그것은 반복되는 현재와의 근본적인 결별이며 "존재의 밀도를 실제로 변화시키는 것"(『존재와 사건』)이다. 주체는 사건을 통하여 변화하며 잠재성을 깨고 새로운 현실이 될 진리를 구현해 나간다. 이 과정을 바디우는 '진리 절차truth procedure'라고 부른다. 그가 볼 때 진리 절차는 크게 예술, 사랑, 과학, 그리고 정치의 네 가지 조건 혹은 과정에서 일어난다. 진리는 어떤 상태가 아니라 이와 같은 네 가지의 '과정process'으로서 세계 안으로 들어온다. 사건과 진리 절차라는 측면에서 이 네 가지 과정들은 매우 유사하다. 가령 사랑(그리고 예술, 과학, 정치)이 진리 절차가 되기 위해서 그것은 계속 '재발명'되어야 하며 '다시 선언'되어야 한다. 그것은 애초에 "사랑이 격렬한 실존적 위기"이기도 하기 때문이다. 바디유는 이런 관점에서 "정치와 사랑 사이의 근접성은 정말이지 놀라울 정도"(『사랑 예찬』, 이하 바디우의 인용은 이 책에서)라고 하였다.

　조동례에게 있어서 진리 절차는 특별히 사랑과 예술(시)이다. 이 시집은 사랑을 통하여 세계의 진리에 다가가며, 예술적 글쓰기로서의 시 자체를 통하여 진리를 구현한다. 바디우에 따르면 진리 절차로서의 사랑이 구축하는 진리는 "둘에 관한 진리" 즉 "있는 그대로의 차이의 진리"이다. 그러므로 바디우에게 사랑이란 "둘이 등장하는 무대"를 경험하는 것이다. 사랑을 선언하는 것은 '만남-사건'에서 진리 구축의 시작 단계로 이행하는 것이며, "우연에서 운명으로 이르는 이행의 과정이고, 바로 이런 이유로 사랑의 선언은 그토록 위태로운 것이며 일종의 어마어마한 긴장감으로 가득 차 있는 것"이다. 게다가 사랑의 선언은 필연적으로 단 한 번으로 끝나는 것이 아니라 "길고 산만하며, 혼동스럽고 복잡하며, 선언되고 또다시 선언되며, 그런 후에조차 여전히 다시 선언되도록 예정된 무엇"
이다. 조동례에게 이 시집은 "사랑을 해도 불안한 이 시대
에// 산 하나 넘으면서/ 어처구니 사랑을 만나"(「시인의
말」) 쓴 것들이다.

두려움을 모르는
아이 눈빛이 아니라면
누가 달려와 설산에 젖을 물릴 것인가

빙하 녹은 물이 초유를 닮았어요
흰색 이전의 색이잖아요
극한에 견딘 풀꽃들이
얼었다 풀린 숨결 먹고 단단해지면
가야 할 곳이 정해진 사람처럼
툰드라 검문소를 당당하게 가요

…(중략)…

빵을 구걸하듯이
사랑을 구걸하면 안 되나요?
지구 반 바퀴 돌아 늪에 갇힌 내가
막판에 남은 햇빛을 구걸하고 있어요
짧은 여름을 틈타

불꽃처럼 피었다가 지는
화이어위드꽃이 절정일 때
사랑의 실패로 어둠을 사르고 싶어요
―「빙하는 속부터 녹고 있다」 부분

"설산"은 반복되는 현실 속에선 보이지 않는다. 그것은 오로지 잠재적인 것, 즉 가능성으로만 숨겨져 있다. 그것은 두려움을 모르는, 니체의 말을 따르면 낙타와 사자의 단계를 넘어선 어린 "아이"의 시선에만 포착된다. 아이의 심성을 가진 주체만이 그것을 잡아 비잠재적인 것, 현실적인 것으로 드러낸다. 이것이 '사건'이다. 사건은 감추어진 사물의 "초유"를 흐르게 하고 "흰색 이전의 색"을 끄집어낸다. "얼었다 풀린 숨결"은 그렇게 해서 드러나는 진리 절차의 메타포이다. 이렇게 보면 "툰드라 검문소"는 그 모든 진리 절차를 검문하는 시스템의 상징이다. 사건은 검열의 벽을 뚫고 진리를 구축한다. 그것이 사건으로서의 사랑이 "가야 할 곳"이다. 이런 과정은 위태롭고, 길고 산만하며, 복잡하다. 그 안에서 사랑은 "격렬한 실존적 위기"를 겪기도 한다. 그럴 때마다 사랑은 다시 선언되고, 재발명되고, 또다시 선언되면서 그 모든 우연을 운명으로 만든다. 바디우에 따르면, "사랑의 선언은 우연이 고정되는 순간"을 뜻한다. 사랑은 "늪에 갇힌" 순간에 다시 발명되고 다시 선언된다. 이 무수한 재선언과 재발명이 "사랑의 실패로 어둠을 사르는" 행위이다. 사랑은 "불꽃처럼 피었다가 지는" 진리 절차이고, 질 때마다 재발명되고 재선언되는 선언이다.

저 지주대 남 보기엔

작고 여린 것이 흔들릴까봐

단단히 세우고 있는 것 같지만

실은 자신이 쓰러질까봐

실낱같은 희망을

붙들고 있는 것이다

―「서로」 전문

진리 절차로서의 사랑이 제일 먼저 직면하는 것은 그것이 "둘이 등장하는 무대"로서 "둘에 관한 진리" 즉 "있는 그대로의 차이의 진리"를 드러낸다는 사실이다. 그러나 사랑은 실존적 위태로움 속에서 어떤 "하나의 지점"으로 돌아가야 한다. 바디우가 볼 때 하나의 지점은 "하나의 사건이 긴밀해지는 특이한 순간"이며 "사건을 받아들이고 선언했던 최초의 순간에 그러했던 것처럼 근본적인 선택을 갑작스레 다시 취할 수밖에 없게끔 당신을 강제

하는 그런 순간"을 말한다. "작고 여린 것이 흔들릴까봐/
단단히 세우고 있는 것 같"다는 판단은 사랑이 진리 절차
의 과정에서 발견한 "있는 그대로의 차이의 진리"이다. 그
러나 정작 지주대가 작고 약한 상대를 세우고 있는 것은
"실은 자신이 쓰러질까봐/ 실낱같은 희망을 붙들고 있는
것"이다. 이 지점이야말로 둘의 무대에서 차이의 진리가
드러날 때 이 둘을 다시 하나로 묶는 '하나의 지점'이다.
이 하나의 지점에서 사랑은 재해석되고, 재발명되고, 재선
언된다. 사랑만 이런 것이 아니다. 예술도 과학도 정치도
모두 이런 절차이고 과정이다.

2

    사랑에 안전지대란 없다. 사랑뿐만 아니라 예술, 과학,
정치의 진리 절차에도 피난처는 없다. 사건은 소멸의 위험
을 안고 잠재성과 가능성을 드러내고 실현하는 행위이다.
사건은 벼랑 위에서 진리를 구축하는 모험의 언어이다.

    추가치산맥 설산에는
    세상 물정 모르는 새끼를
    절벽으로 몰아가는 어미가 있다

툰드라 풀냄새 등지고
빙하 바람 채찍 삼아
가파른 길 오르는 산양 일가족

도중에 망한 집이 어디 너뿐이더냐
가난이라는 천적을 피해
여기까지 오는 데 나는 평생 걸렸다

세상일에 묶여본 적 없는 새끼를
절벽에 방목하는 어미를 두고
매정하다 비난도 쏟아지겠지
돌아갈 길은 없고
생사는 한 생각에 달려 있으니

잊지 마라
최후의 천적은 북극곰이 아니라
네 안의 두렵고 불안한 마음이니
마음만 비운다면
위태로워서 안전한 절벽이다
—「안전한 절벽」 전문

새끼를 절벽으로 몰아가는 어미 산양의 행위는 사랑이
다. 사랑이 절벽의 사건이 되지 않을 때 더 큰 위험이 도

래한다. "툰드라"나 "빙하 바람"은 그런 위험의 신호들이다. 화자는 인간계에서 "가난이라는 천적을 피해/ 여기까지" 온 자신을 산양의 운명에 비유한다. 산양이나 화자처럼 사건 안에 이미 들어온 주체들에게 "돌아갈 길은 없고" 이들의 "생사는 한 생각에 달려" 있다. 절벽을 오르는 산양 가족, 가난을 피해 먼 툰드라까지 온 화자에게 사건은 그 자체 진리 절차로서 진리를 구축한다. 그것은 가장 위험한 적이 외부가 아니라 내부, 즉 "네 안의 두렵고 불안한 마음"이라는 사실에 대한 자각이다. 이러한 진리에 도달하기 위해 이들은 절벽을 마다하지 않고 기어오르며 "위태로워서 안전한 절벽"이라는 형용모순을 진리로 전화시킨다.

   배추벌레 밥그릇은 배춧잎
   사그락사그락 비워가는 벌레를
   젓가락으로 잡으려들자
   툭 먹던 밥그릇을 놓아버린다
   죽을 것 같은 순간에
   삶에 대한 집착을 놓아
   바닥에 떨어진 벌레는
   바닥에서 다시 시작할 것이다
   —「죽을 것 같은 순간에」 전문

앞에서 바디우가 사랑을 "격렬한 실존적 위기"라 정의한 것을 기억하자. 사랑이 실존적 위기에 노출되지 않을 때 사랑은 사건이 아니다. 그것은 반복되는 현실 속에서 아무런 진리를 드러내거나 구축하지 못한 채 사라져갈 것이다. 사랑이 사건이 될 때 사랑은 자신을 실존적 위기에 노출한다. 진리 절차란 권태의 현실이 감추고 있는 매섭고도 위험한 진리를 드러내는 것이다. 주체가 자신의 생계("배춧잎")를 놓아버릴 때 비로소 살아서 "다시 시작" 할 수 있다는 이 놀라운 역설이야말로 죽음 앞에 선 주체가 사건과 진리 절차를 통해 드러내는 진리이다. 목숨을 사랑하는 것이 아둔한 죽음의 길이고, "죽을 것 같은 순간에" 밥그릇을 포기하는 것이 새로운 생존의 길이라는 역설의 현실은 늘 격렬한 실존적 위기를 동반하는 진리 절차에서만 드러난다.

진짜 같은 가짜 미끼
말랑말랑한 루어를 물고
놓지 않으려 놓치지 않으려
너에게 버티던 세월이여
심연에 닿은 미끼를 물고

사랑도 세상도 끌려가면 끝장인데
그때 파도가 없었더라면
무슨 힘으로 놓았겠는가
―「가짜 미끼」 부분

가짜 미끼를 물고 끌려가는 것은 사랑이 아니다. 그것
은 자신을 미끼와 하나로 만드는 것, 즉 동질성의 폭력
에 자신을 희생하는 것이다. '하나가 되는 모든 것'이 사
랑의 원리는 아니다. 사랑은 '둘의 무대'를 열어 '차이의
진리'를 드러내고 이 세상에 최초의 복수성複數性을 보여
준다. 하나가 되는 것으로서의 사랑이란 오로지 "세계로
부터 존재에 생명력을 불어넣을 수 있는 모든 것과 더불
어 포획되는 것"을 의미한다. 사건으로서의 사랑은 오로
지 "존재에 생명력을 불어넣을 수 있는"것에 끌린다. 세
상은 ― 무차별적― 동질성의 유혹으로 가득 차 있고, 그
유혹에 넘어간 주체들은 그것의 결과가 죽음인 줄도 모른
채, 그것을 "놓지 않으려 놓치지 않으려" 버틴다. 바로 그
자리에서 잠재성의 근육이, 복수성의 진리가 문득 움직인
다. "파도"는 반복의 현실을 흔들어 잠재성의 상태에 있는
사건을 드러내는 계기의 메타포이다. 파도의 흔듦 덕분에
"말랑말랑한 루어"에 마취되어 있는 주체가 깨어난다. 주
체는 달콤한 죽음을 놓아버림으로써 스스로 사건이 된다.

사건은 그 아무리 달콤할지라도 '가짜는 가짜'라는 명백한 진리를 드러낸다. 주체는 가짜 미끼를 놓아버림으로써 '가짜 하나'에서 '진짜 둘'이 된다. 주체가 놓아버린 타자는 다시는 사랑의 관계 안으로 들어오지 못한다. 그 빈 자리를 다른 타자가 들어와 새로운 '둘의 무대'를 만든다.

3

이 시집 전편에 사건으로서의 사랑이 검은 씨앗들처럼 흩뿌려져 있다. 이 시집은 사랑이라는 씨앗이 어떻게 발아하여 '차이의 진리'를 드러나게 하며 그를 통해 어떻게 세계의 진리를 구축하는지를 잘 보여준다.

어디로 가는지
언제 끊어질지 모르면서
강물은 하나로 흐른다

비밀을 털어놓고
털어놓은 비밀을 공유하면서
하나로 합치는 과정에
불안 두려움 실망이 섞였으나

하늘에 대고 영상통화를 하며
도도하게 흐르는 것은
바닥이 바닥을 견디어주어서
먼 길에도 강물은
맨발로 탁발을 나섰던 것인데

사랑을 잃고
오래 헤매본 사람은 안다
분노가 가라앉은 흙탕물에도
착지할 바닥이 있다는 것을
　　―「돌아가는 강」 전문

　이 시는 사건으로서의 사랑 한복판에 있는 텍스트이다. 이 시에서 사랑-사건은 이미 시작되었다. "강물"은 "하나로 합치는 과정"에서 생긴 둘의 무대이다. 둘이 느끼는 "불안 두려움 실망"은 사랑의 사건이 '차이의 진실'을 구축하기 때문이다. 마치 "하나"인 것처럼 흐르는 강물은 "어디로 가는지/ 언제 끊어질지 모르"는 과정에 있다. 그러나 이 차이의 무대가 "도도하게 흐르는" 것은 그 것을 견디어주는 "바닥"이 있기 때문이다. 둘의 무대가 사랑을 재선언하고, 재발명하는 것은 바로 그 차이의 밑바닥에 이렇게 흐르는 '한 지점'이 있기 때문이다. 그 지점은 마치 도약대처럼 사랑이 재선언되는 자리이며 "사랑을 잃고/ 오래 헤매본 사람"이 다시 "착지할" 자리이다. 사랑을 잃은 주체가 언제든 다시 사랑-사건에 복귀할 수 있는 것은 "분노가 가라앉은 흙탕물"에도 다시 "착지할 바닥"이 있기 때문이다. 그래서 둘의 무대이자 차이의 진리가 드러나는 강은 멈추어 있는 강이 아니라 끊임없이 다시 "돌아가는 강"이다. 그곳은 진리 절차가 새로이 일어나는 사랑, 예술, 과학, 그리고 정치의 자리이다.

사랑을 안 하니까 세상 편하더라
비구니 같은 노 시인의 저 거짓말
상사화 꽃 진 자리 새잎 올리듯
거짓말 뒤에는 참말 있지
사랑을 안 하니까 편하다는 말
뒤집어 생각하면
뒤틀린 마음에 속엣말 같아서
달뜬 힘으로
참말 같은 속엣말을 믿기로 한다
마른 풀잎이 봄눈 녹이듯
다시 사랑을 믿기로 한다
─「다시 사랑을 믿기로 하다」 전문

사랑을 하지 않으면 사건도 없다. 아무것도 일어나지 않으므로 "세상 편하더라"고 말할 수 있을지도 모른다. 그러나 엄밀히 말해 아무것도 일어나지 않는 곳은 없다. 사건이 일어나지 않는 곳에, 진리 절차가 발생하지 않는 곳에, 어떤 주체의 밀도도 변하지 않는 곳에선, 존재의 죽음이 일어난다. 사건이 없는 곳에선 아무것도 일어나지 않을 것이라 말하는 것은 마치 사막을 정지된 공간으로 오해하는 것과 같다. 생명이 사라진 공간엔 침묵과 죽음의 바람이 분다. 먼 대기에서 이 죽음과 침묵의 공간에 사랑의 씨앗이 날아오기도 한다. 이곳에서도 '무언가' 일어나고 있다. 그러므로 "사랑을 안 하니까 세상 편하더라"는 말은 "거짓말"이다. 죽음 뒤에는 "새잎"이 올라오고, "뒤틀린 맘"이 사랑의 에너지를 막지 못한다. 편한 자리에 머물겠다는 말은 사랑의 재선언이 가져오는 모든 위험과 불편을 마다하겠다는 말에 지나지 않는다. 그러나 보라. 죽은 것 같은 "마른 풀잎"이 "봄눈"을 녹인다. 모든 거짓말의 배후엔 "참말"이 있다. 살아 있는 주체에게 "다시 사랑을 믿"는 것 외에 다른 선택은 없다. 존재는 멈추어 있지 않다. 그것은 움직이며 사랑의 동기動機들과 마주치고 사건 속으로 휘말리며 자신도 모르는 사이에 진리의 절차를 겪는다. 사건으로서의 사랑은 원래 하나였던 주체로

하여금 둘의 무대를 만나게 하고, 이 최초의 복수성을 통해 세계의 진리를 구축하게 한다. 이 시집은 진리 절차로서의 그런 사랑이 만난 다양한 풍경들의 기록이다. 🃏

달아실시선 85

빗방울이 마음을 두드리는 저녁

1판 1쇄 발행	2024년 10월 31일
지은이	조동례
발행인	윤미소
발행처	(주)달아실출판사
책임편집	박제영
기획위원	박정대, 이홍섭, 전윤호
편집위원	김선순, 이나래
디자인	전부다
법률자문	김용진, 이종진
주소	강원도 춘천시 춘천로 257, 2층
전화	033-241-7661
팩스	033-241-7662
이메일	dalasilmoongo@naver.com
출판등록	2016년 12월 30일 제494호

ⓒ 조동례, 2024
ISBN 979-11-7207-034-2 03810

* 이 책은 횡성문화관광재단에서 후원하여 발간하였습니다.